ISBN 978-2-211-05244-3
Première édition dans la collection « lutin poche » : 1999
© 1996, l'école des loisirs, Paris
Loi numéro 49 956 du 16 juillet 1949 sur les publications
destinées à la jeunesse : septembre 1996
Dépôt légal : décembre 2008
Imprimé en France par Mame Imprimeurs à Tours

Philippe Corentin

Mademoiselle Sauve-qui-peut

lutin poche de l'école des loisirs
11, rue de Sèvres, Paris 6e

Il était une fois une petite fille, la plus espiègle qu'on eût pu voir.

Elle ne songeait qu'à taquiner, à jouer de mauvais tours à tout le monde.
Une vraie chipie !

Elle n'arrêtait pas. Pif ! Paf ! Pouf ! Et patapouf !
C'est bien simple, c'était une telle enquiquineuse que partout on l'appelait
Mademoiselle Sauve-qui-peut.

Et boum ! Et badaboum ! Elle était infatigable.

Mais ses farces, depuis longtemps, ne faisaient plus rire personne.

Aussi ce matin-là, sa mère, excédée, lui dit : « Arrête ! Ça suffit !
Tu m'horripiles ! Tiens, va plutôt chez ta mère-grand.
Porte-lui cette galette et ce petit pot de beurre. »

Et zou ! La voilà partie ! Sauve qui peut !

Et hop ! La voilà chez la mère-grand.
Toc ! Toc !

« Mamiiiiiie… »

Mais chez la mère-grand, personne !
« Mamie, mamie ! »
Pas de mamie. Un bon ragoût qui sent bon mais pas de mamie.

« Mamie, mamie ! C'est moi qui suis là. N'aie pas peur. »

« Mamie, mamie ! Où es-tu ? »

« Elle n'est pas là. C'est bizarre… Tiens, et si j'en profitais pour faire son lit en portefeuille », se dit soudain Mademoiselle Sauve-qui-peut. « Hi, hi ! On va bien rire. »

« Mais mamie, que fais-tu là ? Pourquoi ne me répondais-tu pas ?
Tu es malade ? »

« Tu as mal aux dents, mamie ? Pauvre mamie. Montre-moi… Oh !
Mais elles sont toutes grosses ! »

« Et ta langue… Tu as vu ta langue comme elle est grosse…
et comme elle est blanche ? »

« Et tes yeux… Tu as vu tes yeux, mamie ? Ils sont tout gros et tout jaunes.
Tu as avalé tout rond sans mâcher ? Tu as bobo au ventre ? »

« Non, mais, dis donc le loup, tu crois que je ne sais pas faire la différence entre un loup et une mamie ? Allez, ouste ! Hors d'ici ! »

« Allez, zou ! Dehors ! Et plus vite que ça ! Il veut que je m'énerve en vrai, le loup ? Il me croit aussi bête que le Petit Chaperon rouge ou quoi ? »

« Arrête, malheureuse ! » dit la grand-mère. « Laisse-le,
ce n'est qu'un pauvre bougre que j'ai ramassé dans la neige,
mourant de froid et de faim. »

« Allez, venez plutôt à table. J'ai là un bon ragoût », dit la grand-mère.
« Non, non, mamie, il faut que je m'en aille, j'ai plein de trucs à faire »,
dit sa petite-fille en lui faisant un gros bisou.
« Embrassez-vous au moins », dit la grand-mère.
« Non, non, mamie, je n'ai pas le temps. »

« Ça y est, elle est partie ? » s'inquiéta le loup.
« Mais oui », dit la grand-mère.
« Pour de vrai ? »
« Mais oui, te dis-je. C'est la fin de l'histoire et puis de toute façon c'est la dernière page… »
« Ouf », fit le loup. « Quelle histoire !… »